Karin Henickl
Michaela Judtmann
Elisabeth Kirschner
Friederike Schatz

Wunderwelt Sprache

1

Texte verfassen

www.oebv.at

Zeichenerklärung

Fingergymnastik

Sprechen und reden

Lies genau.

Zeichne. Male. Male an.

Kreuze an.

Verbinde.

Klebe ein.

Schreibe.

Ich heiße Luna.

Ich heiße Triton.

Ich heiße Calypso.

Andere informieren.

BiSt: VT 2.1 | Audio-CD Einstiegsgeschichte

Das bin ich

1 Zeichne ein Bild von dir.

Ich heiße ____________________.

Andere informieren.
BiSt: VT 2.1

1 Schreibe deinen Namen in die Schilder.

Meine Schulsachen

1 Sprecht über diese Schulsachen und malt sie an.

Andere durch einfache Beschreibungen informieren.

BiSt: HSR 2.2, 5.1, 5.2 • VT 1.2, 4.1

1 Umfahre deine Hand mit vielen Farbstiften.

Ein wichtiges Wort

1 Verwende immer fünf verschiedene Farben.

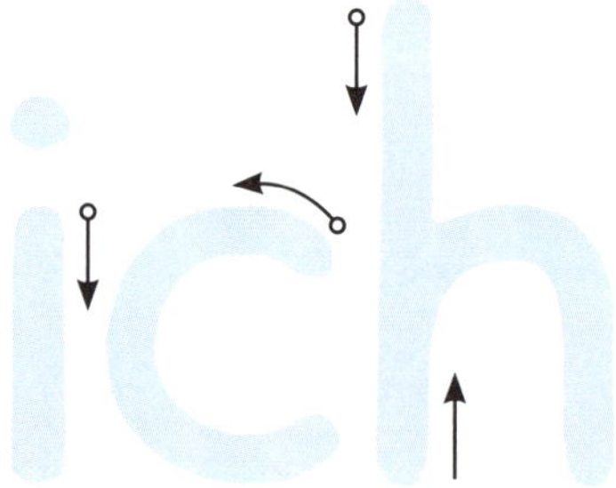

Vorbereitende und begleitende Übung zum Verfassen von Texten.
BiSt: HSR 2.3 • VT 2.1, 2.2 | KV: Lernwort „ich"

1 Was magst du? Setze ein.

2 Setze ein.

1 Verwende immer fünf verschiedene Farben.

male

malt

male male malt male male male malt male

1 Setze ein.

Ich male  .		 malt  .	
.		 .	
.		 .	
.		.	
.		.	

2 Schreibe noch mehr eigene Sätze.

Ich koche Apfelkompott

1 Ordne in die richtige Reihenfolge.

Die inhaltlichen Aussagen einer Bildfolge in Sätzen ausdrücken.
BiSt: VT 1.2, 3.2, 5.1

Ein Rezept

1 Lies das Rezept.

2 Schreibe das Rezept ab.

Gemeinsames Erarbeiten eines Textes.
BiSt: VT 1.2, 1.3, 3.2, 5.1

Alle essen

1 Sprecht und kreuzt an.

Sich etwas notieren.
BiSt: HSR 2.1, 2.2, 4.1, 4.4

1 Schreibe eigene Sätze.

Wen lade ich ein?

1 Schreibe eigene Sätze.

Ich lade Luna ein.

An andere appellieren (Einladungen).

BiSt: HSR 2.2 • VT 1.3, 2.1 | KV: Lernwort „wünsche“

1 Schreibe und zeichne.

Samstag

Sonntag

1 Was suchst du?

Andere informieren (Mitteilungen).

BiSt: VT 1.2, 1.3, 1.4, 1.5, 2.1, 3.1 | KV: Lernwort „suche“

1 Zeichne und schreibe über Freundinnen und Freunde.

Vorbereitende Übung: über Personen schreiben.
BiSt: VT 1.5 | KV: „Eine Person, die ich mag“

Was ich sammle

1 Schreibe eigene Sätze.

Ich sammle  .

 sammelt 

Vorbereitende und begleitende Übung zum Verfassen von Texten.
BiSt: VT 1.2, 1.5, 2.1, 2.2 | **KV:** Lernwörter „sammle" und „sammelt"

1 Trage wichtige Geburtstage ein.

Jänner (1.)	Februar (2.)	März (3.)
April (4.)	Mai (5.)	Juni (6.)
Juli (7.)	August (8.)	September (9.)
Oktober (10.)	November (11.) 3.11. Luna	Dezember (12.)

Sich etwas notieren.

BiSt: VT 1.4, 2.1, 3.2 | KV: „Geburtstagskalender“

1 Verbinde richtig.

Del

pard

Kaka

du

Nas

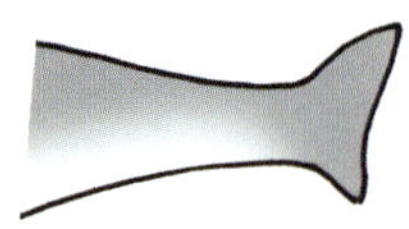
fin

Kroko

mel

Leo

horn

Ze

dil

Ele

fant

Ka

bra

1 Wie heißen diese Tiere?

Kroko – fant

Andere informieren.

BiSt: VT 1.4, 1.5, 2.1, 2.2, 3.1

1 Ergänze diesen Wochenplaner.

	Luna	Triton
Montag	Tante Feuschau anrufen	Flöte üben 
Dienstag	Kino mit Kusine Elafax	wieder Flöte üben
Mittwoch		noch einmal Flöte üben Tennisstunde
Donnerstag	Geschenk basteln	jetzt aber wirklich Flöte üben
Freitag	Geburtstagsfest	Flötenstunde

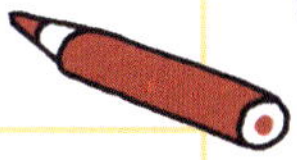

Calypso 	ich
Pizza essen mit Flugun	
Eis essen mit Opa Orxi	
Bücher aus der Bibliothek holen	
Spät schlafen gehen	

Sich etwas notieren und andere informieren.
BiSt: VT 1.3, 1.4, 2.1, 3.2

Mein schönstes Geschenk

1 Zeichne und schreibe über dein schönstes Geschenk.

Andere unterhalten und Anteil nehmen lassen.

BiSt: VT 1.2, 1.5, 2.1, 2.2, 3.1

1 Ordne die Sätze mit Ziffern richtig zu.

Alle tanzen und lachen. ◯

Luna geht auf ein Fest. ◯

Die Torte schmeckt gut. ◯

Sie bringt ein Geschenk mit. ◯

2 Schreibe die Geschichte richtig auf.

Gemeinsames Erarbeiten eines Textes zu Bildern.
BiSt: VT 3.2, 4.2, 5.1

Ein Traum

1 Ein schöner Traum: Zeichne und schreibe.

Andere unterhalten und Anteil nehmen lassen.

BiSt: HSR 1.1, 1.2, 4.1, 4.4, 6.1 • VT 2.1, 2.2, 3.1, 3.2, 4.1 | KV: „Ein Traum“

1 Lies den Beginn der Geschichte.

Die Sonne scheint.
Die ganze Familie fährt
an den See.

Dort macht sie auf der
Wiese ein Picknick.
Plötzlich sind dunkle
Wolken am Himmel.
Es donnert und blitzt.

2 Wie könnte die Geschichte weitergehen? Zeichne und schreibe.

Vorgegebene Textteile ergänzen – einen Schluss finden.
BiSt: VT 1.2, 1.3, 5.1

Eine mutige Prinzessin

1 Lies das Märchen. Ergänze die fehlenden Wörter.

Es war einmal ein böser Ritter.

Er lebte auf einer __________ .

Eines Tages fing der Ritter einen Drachen im Wald ein. Er sperrte ihn in den __________ . Dort weinte der __________ bitterlich.

Eine mutige __________ hörte davon. Sie wollte unbedingt helfen. Also befreite sie mit einer List den Drachen und sperrte den bösen __________ ein.

Turm

Burg

Prinzessin

Drache

Ritter

Vorgegebene Textteile ergänzen.

BiSt: VT 1.3, 1.4, 1.5, 2.1, 3.2, 4.1, 5.1, 5.2 | KV: „Es war einmal“

1 Schreibe und zeichne, was du in deinen Ferien machen möchtest.

Inhalt

Zeichenerklärung	2
Wir stellen uns vor	3
Das bin ich	4
Mein Name	5
Meine Schulsachen	6
Meine Hand	7
Ein wichtiges Wort	8
Erste Sätze	9
Ein neues Wort	10
Alle malen	11
Ich koche Apfelkompott	12
Ein Rezept	13
Alle essen	14
Wer isst was?	15
Wen lade ich ein?	16
So war mein Wochenende	17
Verloren	18
Meine Freundinnen und Freunde	19
Was ich sammle	20
Geburtstagskalender	21
Viele Tiere	22
Seltsame Tiere	23
Wochenplaner	24
Mein schönstes Geschenk	26
Ein Fest	27
Ein Traum	28
Ein Picknick	29
Eine mutige Prinzessin	30
Ferienpläne	31